„Hömma, kommt kein Bus?"

Dönekens vonne Haltestelle

Ina Steg

Bibliografische Information der Deutschen Nationalbibliothek:
Die deutsche Nationalbibliothek verzeichnet diese Publikation
in der Deutschen Nationalbibliografie; detaillierte bibliografische
Daten sind online unter http://dnb.dnb.de abrufbar.

Fotos: Ina Steg

Ina Steg
c/o J. Rösner
Barthel-Bruyn-Str. 17
45147 Essen

© 2022 Steg, Ina
Herstellung und Verlag: BoD – Books on Demand,
Norderstedt
ISBN: 9783755757016

Warten

„Hömma, kommt kein Bus?"
„Siehse doh."
„Auf dem Plan steht fünf nach."
„Vadda hat imma gesagt, et is wie et is."
„Un, is der mitm Bus gefahren?"
„Nee. Ging imma zu Fuß."
„Siehse."

„Getz warten wer schon wieda auf den Bus.
Wat man inna Zeit allet machen könnt."
„Wat denn?"
„Wat denn, wat denn. Jedenfalls nich warten."
„Ich hab imma ein zweites Büttaken füa dich
dabei. Willse?"

„Hömma, kommt kein Bus?"
„Is wie imma."
„Wat meinse?"
„Na, is wie imma halt. Mit dem Bus seinem
Fahrplan un überhaupt."
„Ach, dat meinse."

„Weisse, wenn der Bus so umme Ecke kommt, dann is et gut. Dann weisse, der Bus kommt. Is imma en schöna Moment."

„Is et."

„Nee, nee, nee, et is nich gut, dat Warten auf den Bus. Da kommse nua ans nachdenken."

„Über wat?"

„Na, über allet."

„Allet?"

„Ja, nich?"

„Ich überlege, wat tuse morgen drauf, auf dat Büttaken. Wenn dann der Bus kommt, weiß ich dat schon füa den nächsten Tach."

„Hömma, du kanns doh nich einfach nua überlegen, wat du auf dat Büttaken drauf tus. Wat is denn mit allet andere?"

„Weiß du schon, wat de morgen gern auf dat Büttaken drauf ham tätest?"

„Nee."

„Siehse."

„Weisse, wenni wüsste, der Bus kommt nich, dann könnte ich sagen, okay, der Bus kommt nich. Abba so stehse halt hia un weiset nich un wartest."

„Abba, is ja dann umso schöna, wenn er kommt, nich?"

„Weisse, wenn der Bus nich kommt, da kannse den Tach gleich inne Tonne kloppen. Nee, geh mir wech. Et is ja auh so, da wirste den ganzen Tach gefracht, wie et so is un dann fängse an un erzählst von den Bus un dat der nich kam un schon hasse schlechte Laune überall. Da is et doh ma wirklich füa alle bessa, wenn der Bus kommt."

„Nee, nee, nee, dat Grau. Ich kannet nich mehr sehn."

„Ich strick ja deswechend. Dann hasse mal wat blauet vor die Nase, oder gelbet oder gründet."

„Ja, abba, du siehs nich, wenn der Bus kommt."

„Nee, dat nich, aber ebend auch kein Grau."

„Weisse, da stehse hia, Tach füa Tach un
wartest auf den Bus und dann kommt der auch
noch meistens nich."
„Ach, weisse, woanders, da kommt auh kein
Bus."

Getz

„Weisse, im Frühling, da is dat nich so schlimm,
dat Warten auf den Bus. Da is et warm un die
Blümkes blühn."
„Ja, is abba getz kein Frühling. Getz is getz."
„Ich sachet ja nua."

„Hömma, glaubse, der Bus kommt noh?"
„Wenn nich, kommt ein anderer."
„Ja, abba is ja dann nich der, dene gewollt hast."
„Dat kannse ja vorher nich wissen, obde den
vielleicht nich auh wollen tust."
„Also, nehm wir heute einen Bus später?"
„Nee, besser nich."

„Wat kicherste denn so?"
„Manchma, da stell ich mir vor, da umme Ecke,
da käme nich der Bus, sondern ein Drache,
odda ne Kutsche mit zwei schnieken Gäulern."
„Abba, dann kommt ja kein Bus."
„Nee, der Bus kommt dann nich."

„Weisse, wenne erstma im Bus bis, dann is et ja gut."

„Un vorher is et nich gut?"

„Nee, vorher bisse ja nich im Bus."

„Abba anne Haltestelle. Die is ja auh Teil vom Bus. Denn, ohne Haltestelle, gäbe et ja auh den Bus nich. Würdeste nich anne Haltestelle sitzen, könnteste auh nich in den Bus."

„Trotzdem."

„Hömma, glaubse wat mich passiert is. Da renn ich zum Bus un steh gerade vor dem seine Tür, da geht die zu. Ja, glaubse dat?"

„Warste denn zu spät?"

„Ja, sicha war ich vielleicht nen paar Schritteke zu spät. Abba, wenn der Bus zu spät kommt, da stell ich mich doh auh nich so an. Ich steig ein un gut is. Abba weisse, morgen nich. Wenn der Bus zu spät kommt un die Tür aufgehen tut füa mich, dann bleib ich hia stehen. Da kann er mal sehen, wie dat is."

„Kann er."

„Hömma, heute is mir dat sowat von lekka egal
ob der Bus kommt odda nich. Ich setz mich hia
her, ess dat Büttaken un warte ab."

„Dat is schön."

„Ich red auh nich über den Bus un schau nich
um die Ecke."

„Mach dat."

„Nee, eben nich. Ich sitz nua hia."

„Is gut."

„Weisse, dat bringt ja auh nix. Ob ich mich nun
aufrech über den Bus odda nich, der kommt
halt odda ebend nich."

„Ja."

„Da dachte ich heut so bei mir, weisse wat, setz
dich einfach da her un ess dein Büttaken."

„Der Bus kommt."

„Nee, nee, nee. Da willse einmal in Ruhe dein
Büttaken essen un dann kommt der Bus. Wie
des machst, machset falsch."

„Hömma, die ganzen Tache hat ich den Schirm
dabei. Un wat is heute?
„Wat is denn?"
„Regen un kein Schirm."
„Is wie imma."
„Is et."

Dem Marcel sein Vadda un überhaupt die anderen Flitzpiepen

„Hömma, da sach ich gestern zu dem Busfahrer. Hömma, sach ich, danke datde auffe Schulkinder gewartet hass. Da sacht der zu mir, macht er ja gerne, abba dann kommt er den ganzen Tach überall zwei Minuten zu spät un die anderen an die Haltestellen, die wissen dat ja nich. Dat mit die Schulkinder. Die sehen nua, der Bus kommt zu spät."

„Hömma, da stehse all die Jahre mitde gleichen Leute an die Bushaltestelle un wat is?"
„Wat is denn?"
„Ja, nix is."
„Wat soll denn sein?"
„Weiß ich auh nich. Abba eben nich nua nix."
„Büttaken?"

„Hömma, da sacht der Marcel neulich zu mir, wennse so viel Ärger mit den Bus hast, warum fährse dann da mit? Ja, hömma, denk ich, dat kannse dir halt nich imma aussuchen, welchen Bus de vor die Tür hast. Weisse?"

„Weiss ich."

„Nee, nee, nee. Der Marcel. Dem sein Vadda war auh so. Der hat imma gesagt, wenn dich wat stört, dann musse dat ändern. Abba weisse, dat geht halt nich imma. Wenn der Bus nich kommt, der an deine Tür halten soll, dann is dat halt so."

„Is so."

„Nee, nee, nee."

„Gestern, da ham se ja gestreikt, die vonde Busgemeinschaft. Kam überhaupt kein Bus. Da merske erstma wie dat is, wenn plötzlich wat fehlt, wat sons imma da is."

„Hömma, da sitzen zwei auffe Bank wo mer
zwei imma sitzen tun. Müssen mer morgen nen
Minüteken eher kommen."

„Wat? Ich warte doh nich noh ne Minute länger
auf den Bus. Un wenn der dann noh zu spät
kommen tut, dann warte ich ja sogar noh
länger, als ich sonz schon warten tät."

„Ach, guck, die beiden nehm den anderen Bus.
Warn wer heute vielleicht ne paar Schritteken
schneller als sonz?"

„Nee, nee, nee."

„Hömma, neulich, da is der Marcel mit dem Bus gefahren. Einen Tach, hin un zurück, weil dem sein Auto inner Werkstatt war. Da erzählt der mir doh, dat dem sein Bus zu spät gekommen is. Hömma, ich lass mir doh nich von dem Marcel wat über dat Busfahren erzählen, wo der gerade mal einen Tach damit gefahren is. Wenni dem erzählen tu, der Bus kam zu spät, dann is dat doh wat ganz anderes, abba doh nich umgekehrt."

„Un, wat hasse gesagt?"

„Wie meinse dat?"

„Na, zum Marcel un seine Erzählung über den Bus."

„Siehse, hab ich gesagt, Marcel, so is dat. Abba wenn der mir noh mal mit seine Busgeschichte kommt, dann erzähl dich dem abbama, wat wirklich los is."

„Mach dat."

„Hömma, neulich, da komm ich anne Bushaltstelle an, da steht da ein Topf mit nem gelben Blümken."

„Einfach so, anne Haltestelle?"

„Anne Haltestelle. Hamse natürlich schnellstekens entfernt, die vonne Busgemeinschaft."

„Weil uns die Haltestelle ja nich gehört."

„Nua weil wir hia jeden Tach stehen, dürfen wir hia kein Blümken hinstellen. Is ja dann auh nich klar, wer die gießt. Imma der, der da steht, oder wer?"

„Wär doh ne schöne Idee. Jeder der kommt, bringt wat mit füa dat Blümken. Wär doh zu machen. Weisse, meen Kumpel von die Arbeit, der Joshua, dem bring ich auh imma ein Büttaken mit. Der hat imma so nen Hunger un zu wenig dabei."

„Dat hasse mich ja noh gar nich erzählt."

„Wusste nich, dat dich dat interessieren könnt mit dem Joshua. Siehse ma, wat so ein Gespräch über ein Blümken allet bewirken kann."

„Siehse ma. War gut, dat et mal da stand. Geht abba sons nich."

„Nee, geht nich. Wär abba schön."

„Hömma, da erzählt dem Marcel seine Tante neulich, dat se hia ne neue Busstrecke eingerichtet ham."

„Weiss ich."

„Du weisst dat un sachset mir nich?"

„Würdeste den Bus denn nehmen wollen?" Is da drüben, auffe andere Seite vonne Hauptstraße."

„An die Hauptstraße?"

„Ja."

„Weisse, nee, seit dreißik Jahren fahr ich mit den Bus hia. Meinze da is mal einer gekommen un hat gefragt ob mer hia ne zweite Busstrecke brauchen könntn?"

„Getz hat vielleicht ma einna genau geguckt. So sindse halt, der eine guckt genauer hin, der andere nich. Willse denn getz rüberlaufen?"

„Nee! Wir bleibm hia. Wär da einer vor fünf Jahren gekommen, dann vielleicht. Abba getz nich mehr. Getz können wer auh hia bleibm."

„Können wer. Auh wenn der Bus nich kommt."

„Abba weisse denn, ob der andere kommt?"

„Nee."

„Siehse."

„Hömma, dem Marcel seine Tante hat gehört, dat wer, wennwa die neue Busstrecke benutzen täten, fünf Minüteken eher auffe Arbeit wern."

„Willse dat denn?"

„Weiss ich nich. Wenni komme, geht Chefe gerad in sein Zimmerken."

„Dann würdest ihn ja vielleicht ma beim Käffken machen treffen."

„Hömma, un dann?"

„Kannz ihn ja ma fragen, ob er gut zur Arbeit gekommen is."

„Ach nee, der kommt doh imma mit den Zuch un dann muss ich mir anhören, dat der zu spät gekommen is. Mir reicht mein Ärcher mit dem Bus."

„Is gut."

Auf Trallafitti

„Hömma, neulich, als der Bus da umme Ecke gefahren is."

„Du meinz, um die andere Ecke?"

„Genau, wegen dem Loch in die Fahrbahn. Weisse noh, die gelben Häusken mit die roten Dachziegelken?"

„Ja, weiss ich noh."

„Da fährse dreißik Jahre mit dem gleichen Bus un dann gibbet da in eine Straße gelbe Häusken."

„Dat kommt so, weilde sonz halt imma in eine Richtung fährz. Wat sollse denn auh inna anderen?"

„Vielleicht ja einfach numma gucken."

„Können mer ja ma zusammen machen, nach die gelben Häusken gucken."

„Können mer."

„Manchma denk ich, steigse halt nich aus,
fährse einfach weita, bis anne Ende von die
Busstrecke."
„Hab ich schonma gemacht."
„Un?"
„Is nich schön da."
„Hätte abba sein können.
„Hätte. War abba nich."
„Mach ich vielleicht trotzdem ma."
„Machet."

Ende

(… oder ein Anfang? Jedenfalls ein herzliches
„Glück auf")

Weitere Geschichten von Ina Steg

Küsse im Schneesturm (Roman)
Ylva Verlag 2021, Kriftel

Die Reise des Fuchses (Kurzprosa)
mit Anna Thur und Madita Sternberg
Selfpublishing 2020

Letzte Zutat Liebe (Roman)
Ylva Verlag 2019, Kriftel

Gasse ohne Mondlicht (Kurzgeschichte)
mit Jolene Walker
Selfpublishing 2018

Eine Diebin zum Verlieben (Roman)
Ylva Verlag 2017, Kriftel

12 Tage (Kurzgeschichte)
Ylva Verlag 2015, Kriftel

Alles nur Kulisse (Roman)
Ylva Verlag 2015, Kriftel

www.ina-steg.de

Über Ina Steg

Ina Steg schreibt, um Schönes festzuhalten, die flüchtigen Momente auszudehnen und um Mut zu machen. Halbtags arbeitet sie in einem Archiv und gräbt dort nach altem Wissen. Sie ist oft im Theater und gerne in Parks. Sport (Spazieren gehen) macht sie nur, damit sie wieder in vernünftiger Haltung (zu sich selbst) an den Schreibtisch kann. „Hömma, kommt kein Bus?" ist ihr zweites Buch, welches sie im Selfpublishing veröffentlicht hat.

Danksagung

Liebe Leserin, lieber Leser,

ich freue mich, dass du mein Herz-Werk „Hömma, kommt kein Bus?" in den Händen hältst. Es entstand in vielen Stunden beim Warten an Haltestellen und auf Bahnsteigen mitten im Pott, stets umgeben von Anekdoten, Geschichten und vielen besonderen Eindrücken und Erlebnissen. Ich hoffe, es versüßt dir die ein oder andere Wartezeit. Ich freue mich über Rückmeldungen und Post von dir an: inaspostkasten@ina-steg.de.

Herzlich, deine Ina

(im Dezember 2021)